AF445297

Juan Trigos S

COMO ALEGRÍA EN EL COGOTE

HEMOFICCIÓN

Juan Trigos S

COMO ALEGRÍA EN EL COGOTE

HEMOFICCIÓN

ISBN: 9798686524033

Ciclo Dios Zapato y Calcetín
Variación sexta

PROYECCIÓN: CEMENTE-
RIO.
FOTOGRAFÍA DE LOS SIA-
MESES SEPARADOS VIO-
LENTAMENTE POR UNA
SIERRA. SANGRAN.

UN FÉRETRO RODANTE.
SOBRE ÉL VAN LAS MUER-
TAS CATALINA Y ANTONIA.
SIAMÉSPIE ESTÁ VESTIDO
DE FANTASMA Y SIAMÉS Y
TÍTERE SIERRA AGONIZA
TENDIDO EN CAMA. DIOS
CALCETÍN Y DIOS ZAPATO
SON TÍTERES QUE MANE-
JAN LOS PERSONAJES.

PRIMANCIANITA
Ya no saludarán las piñas
Ni dirán adiós
Los pies de las señoritas
Ni se despedirán
Los sauces llorones
Ya no habrá visitas
Al zapatero
Para que le cambie
Suelas a los zapatos
Nadie escuchará
La voz del vendedor
De guajoletes

JUANSONRISA
Ya no
Porque próximos están
Los hedores de la tumba
Como moco en nariz
O lengua en boca
Así de inmediato
El perfume de la parca

PRIMANCIANITA
Si me molieras a palos
Harías bien
Ya difunta
Me recostarías
En tu cama
En vez de dos
Tendrías tres muertas
Para hacer amor

JUANSONRISA
Podría beber
De tu carne
Hecha coctel

PRIMANCIANITA
Batido de mí
En tus interiores
Alzaría olas
De pesar

JUANSONRISA
Una copa
De nuestro aliento
Pasará como alegría
Por el cogote

APARECEN TÍTERES DE
DIOS ZAPATO Y DIOS CAL-
CETÍN.

DIOS ZAPATO
El bien nuestro
Es no tolerar que otros
Se den gusto
Con el bien propio
El bien nuestro
Es imponer la ley
Se nalguea a quien usa lengua
En contra de nuestro señor
Y se pincha al que entra
en nalga
Que no le es propia pero sí pro-

picia

PRIMANCIANITA
Prohibiciones clericales
Cuelgan de mis pezones

DIOSZAPATO
Prohibiciones morales

PRIMANCIANITA
Que rezan
En catecismo
Hijo moribundo
Tenemos aquí

SIAMÉS Y TÍTERE SIERRA
Ay ay ay
Me partieron la madre
Y en cama yazgo
Comiendo pinole

JUANSONRISA
Preguntas a la enfermera
Que te está inyectando
Intenciones vitales

SIAMÉS Y TÍTERE SIERRA
¿A qué pie rezas?

PRIMANCIANITA
¿Yo?
A ninguno
Curo al que no sana
Y sano al que enferma

PROYECCIÓN:
CRUZ GRANDE.

SIAMÉS Y TÍTERE SIERRA
Estoy en agonía
¿Podríais darme
Besos sexuales?

PRIMANCIANITA
Podría si no fueras
Un asesino loco
Que crucificó
A su hermano
En su misma cruz
Que es la tuya
Y la mía de paso

JUANSONRISA
¿Esa cruz acaso te permitió
Que fueras contra ti mismo?

SIAMÉS Y TÍTERE SIERRA
Traigo permiso moral
En las bolsas del alma

PRIMANCIANITA
Ese permiso no cuenta
He revisado tu desnudez
Sin hallar ningún papel
Que avale tu atentado

De modo legal

SIAMÉS Y TÍTERE SIERRA
Un pergamino divino
Me firmó DiosZapato

SE ESCUCHAN REZOS. SIA-
MÉS PIE MUEVE EL FÉRE-
TRO CON LAS MUERTAS.

JUANSONRISA
PieSiamésPie
Fue velado al lado
De sus armas
Dos misas, rosario
Fue un buen cojo
Cojeaba en bien
Porque pie no tenía

PRIMANCIANITA
Más bien fue
Un pegado ser

JUANSONRISA
Que resultó despegado

SIAMÉS IMITA EL RUIDO
DE LA SIERRA.

PRIMANCIANITA
El cuchillo separador
Cortó de los dos lados

JUANSONRISA
De las dos carnes

PRIMANCIANITA
La del agresor homicida

JUANSONRISA
Y la de la víctima

PRIMANCIANITA
Dios no tolera
Que la vida de siameses

Cojan caminos
De separación

JUANSONRISA
Al baño van juntos

PRIMANCIANITA
Uno limpia al otro

JUANSONRISA
Otra baña
Al uno

PRIMANCIANITA
Si uno tiene sueño
Tampoco el otro
Puede dormir

JUANSONRISA
Mean a dúo

PRIMANCIANITA
El desmayo trae
Flautas de sosiego
¿Qué estará haciendo
la perra de casa?
Ponerle la mano
O la pata encima
Significaba recibir
Un choque de alegría
O de mal humor

LA PALABRA ADULTERIO
PARPADEA.

SIAMÉS Y TÍTERE SIERRA
Quizá la palabra correcta
Era compartir
En vez de adulterio

DIOSCALCETÍN
Cierto es
Compartimos pan

Compartimos casa
Compartimos nación

FANTASMA SIAMÉSPIE
Y compartimos esposa
Tanto como cama
Y excusado

SIAMÉS Y TÍTERE SIERRA
Vete fantasma

PRIMANCIANITA
La piña que se pudre
No está corrompida
Moralmente hablando

DIOSZAPATO
¿Y tú cómo lo sabes?

PRIMANCIANITA
Lo aprendió mi cuerpo
En sus enfermedades

DIOSZAPATO
No es lo mismo
Corrupción del cuerpo
Que del alma

PRIMANCIANITA
¿Y si fuese lo mismo?
Morir en corrupción
Es fenecer
Irse a la fregada
Sabemos que hombre puro
También se corrompe

DIOSZAPATO
Cuando muere sí

JUANSONRISA
PieSiamésPie
Está llamando
Ven y te enseño
A ser amante

DIOSCALCETÍN
Ve
Ve y aprende
Ve
Anda ve

SIAMÉS Y TÍTERE SIERRA
Mano busca beso
Arrumbado en el cajón
De mi lengua
Entre dientes careados
Y adoloridos

SIAMÉS PIE INTRODUCE
MANIQUÍ DE ESPOSAR-
DIENTE.

FANTASMA SIAMÉSPIE
Cuando hacía amor
Con tu dama
Te prestaba sus calzones

SIAMÉS Y TÍTERE SIERRA
Pantaletas cogían
Movimiento
Bajo mis erecciones

PRIMANCIANITA
Juansonrisa
Con todo y sus pulgas
Murió aceptando
Comunión con hostia
Hecha con harina
De sacerdote
También lo amé

JUANSONRISA
¿Dijiste también?

PRIMANCIANITA
Además de a tus hijos
Quise decir

JUANSONRISA
Lo que me convierte
En padre baboso

PRIMANCIANITA
Padre fantasioso
Y mal pensado

SIAMÉS Y TÍTERE SIERRA
Creo en Dios desperdicié
No supe
Nací tonto
Y siendo amante torpe

FANTASMA SIAMÉS PIE
Eso es cierto

JUANSONRISA
Ven, dice PieSiamésPie
Y te enseño a rezar
Sobre vagina

DIOSCALCETÍN
Ve
Sigue a mi cruzado
Sublime

SIAMÉS Y TÍTERE SIERRA
Me niego a dar satisfacción
A quien me pone cuernos
Me niego a aprender
Lo que ya sé

PRIMANCIANITA
Sabes que tú no eres
Precisamente ducho
En las artes de tocar

JUANSONRISA
Morir se relaciona
Con horizontalidad
Árbol caído
Ramas abiertas en cruz

PRIMANCIANITA
Miras a NoviaFogosa
Con desprecio
Y cariño entrañable
Juansonrisa recita
En voz alta y castiza
"Antonio, ¿quién eres tú"?

JUANSONRISA
DiosCalcetín saca del pozo
Gato güero
Y DiosZapato uno gris
Ambos bichos maúllan
Pidiendo pan
Ya no trabajará
Ni amanecerá el frutero
Sudando pudrición

FANTASMA SIAMÉSPIE
Mi cuerpo marchó
Pero mi alma permanece

SIAMÉS Y TÍTERE SIERRA
¿Y si morí ahogado?
Luego los perros
De las olasPie
Tiran tarascadas
Luego de dentro
De las panzas
Aguadas de ríos
Se esconden féretros
Y cruces sonando
A defunción y luto
Acarreando en sus aguas
Canciones tristes

PRIMANCIANITA
Corre a la escuelaPie
Dice ángel de la guarda

FATASMA SIAMÉSPIE
Aprende a hablar
Y a darte golpes de pecho

SIAMÉS Y TÍTERE SIERRA
PieSiamésPie y yo
Vamos al colegio
Abrazados y silbando

FANTASMA SIAMÉSPIE
Como amables
Compañeritos

DIOSZAPATO
Hermanos siempre en pleito
Ofreciendo manzanas
Y peras de discordia
Hubo boda
Y vía al adulterio

SIAMÉS Y TÍTERE SIERRA
En la noche boda
Te pedí que te voltearas

FANTASMA SIAMÉSPIE
Estuve espiando

SIAMÉS Y TÍTERE SIERRA
Y tentando

FANTASMA SIAMÉSPIE
Mientras tú sobabas nalgas
Yo tocaba sus pechos

PRIMANCIANITA
DiosCalcetín come
Taco lengua
Y DiosZapato de buche
Beben agua de jamaica
Chorros salen por ojos y orejas

COHETERÍA. GRITOS.

JUANSONRISA
Dieciséis de septiembre
Repercutiendo en mis
Tímpanos estallados
Día de la sierra

SIAMÉS Y TÍTERE SIERRA
Día del corte
Trece años

DIOZCALCETÍN
Imbécil

FANTASMA SIAMÉSPIE
Si obrábamos juntos
¿Por qué no amar a dúo?

JUANSONRISA
Bichos negros
Y puntiagudos
Los mininos
Del instrumento
Que cortó
Moral en dos

SIAMÉS Y TÍTERE SIERRA
Juansonrisa pela
Naranja oscura

Y me la ofrece
Como si esa fuese
La última cena
DiosCalcetín
Levanta la palanca
Y mi cuerpo cae
Truena el cuello
Los ahorcados
Sacamos lengua
Que degusta indiferencia
En vez de acusar
Debía haber tolerado

JUANSONRISA
PieSiamésPie habla
Buches de sangre

DIOSZAPATO
Quien amanece peinado
No revolvió las sábanas
Del deseo nocturno

DIOSCALCETÍN
Pereció de aburrimiento

PRIMANCIANITA
¿Estás en el cielo
Juansonrisa?
Boca como hierba
De Prodigiosa
A la casa llegó de regalo
Botella verde
Licor hecho
De esa hierba amarga
Que bajaba suavemente al estó-
mago
Calentando como el suéter de
mamá

SIAMÉS Y TÍTERE SIERRA
Sólo el eco me consuela

PRIMANCIANITA
Te lo dije

Contén tu furia

JUANSONRISA
DiosCalcetín
Deja caer la hoja
De la guillotina
Cabeza en cesto

ENTRA FANTASMA LUTE-
RÓN.

FANTASMA LUTERÓN
Lancelot chupa a Ginebra
PieBello
Papa se limpia con la lengua

PRIMANCIANITA
PieCulpable anuncia
Nacimiento
A golpe de bombo
Y tronar de trombones
Orquesta de rifles y espadas

FANTASMA LUTERÓN
El pie de SiamésPie chocará
Con la puerta de casa
Despertando terror durmiente

SIAMÉS Y TÍTERE SIERRA
Ha regresado PiEspectro
Preguntando por mí

FATASMA SIAMÉSPIE
Aquí estoy
Buscando tu identidad
Separada a la mía

DIOSZAPATO
Los escudos en choque
Suenan a pájaro

SIAMÉS Y TÍTERE SIERRA
¿Por qué papá
se ha sentado como perro
en la sala y está lamiendo

el piEnemigo de mi hermano?

PRIMANCIANITA
San Serafín te ayude
Dice EsposArdorosa
Asustada con tu estampa roja
San Nicolás te bendiga
San Anselmo te colme
Santa Catarina te acaricie
 DiosCalcetín se despide
 De DiosZapato
¿Vendrá el silencio?

FANTASMA LUTERÓN
Santos salen sobrando

SIAMÉS Y TÍTERE SIERRA
Pie de cadáver fluido
Liquidez tumefacta
Sobre la que zumban
En concierto
Moscas y ranas

Siendo niño
Metí mis manos en ti
Y lavé mi rostro
¿Por qué odiar?
¿Podrías perdonarme?

DIOSCALCETÍN
Claro que no
Mis cruzados
Ya están en batalla
Aventando piedras
Y flechas encendidas

FANTASMA LUTERÓN
Yo no quise hacer armas

SIAMÉS Y TÍTERE SIERRA
Comuniquen a mis
PadresCachondos
Y EsposArdorosa
Digan que los amo
Grito abierto sin respuesta

Nada ha servido para nada
Pelaron los años

JUANSONRIA Y SIAMÉS Y
TÍTERE SIERRA
CamiónAdulterio te aplastó

PRIMANCIANITA
Chupón de pecho

SIAMÉS Y TÍTERE SIERRA
DiosCalcetín me encierra
En cámara de gas

JUANSONRISA
Podemos rapar
Imágenes internas
Hasta llegar a la esencia
Concentrada en mí
Gusano baboso
Culebra de orejas brillantes

PRIMANCIANITA
Hijo
Cuando el perro gritaba
Que sufría ataque de pulgas
Tú no atendiste sus penas
Continuaste chupando
A NoviaFogosa
Que te robaría
PieSiamésPie adorado

SIAMÉS Y TÍTERE SIERRA
¿Alguien vendrá por mí
a la estación?

JUANSONRISA Y FANTAS-
MA SIAMÉS PIE
DiosZapato ladra
Y sus perros atacan

SIAMÉS Y TÍTERE SIERRA
Fui hombrePie
Sin potencia para creer

Ni perdonar

DIOSCALCETÍN
Mi guerreroFantasma
Es más hermoso
Que Carlo Magno

JUANSONRISA Y SIAMÉS
PIE
DiosCalcetín arrecia ataque
Saltan pedazos
Cuerpos, huesos

SIAMÉS Y TÍTERE SIERRA
¿Para qué vivir?

PRIMANCIANITA
Tú, para nada
DiosCalcetín mueve palanca
Y la silla eléctrica fríe

DIOSCALCETÍN
Monje chupa monje

PRIMANCIANITA
Chupete de muslo

FANTASMA LUTERÓN
Piquete en el ombligo
Puede dislocar los huesos
De la iglesia

PRIMANCIANITA
Ha nacido pie simpático
Que mama
De la perra amarilla
Pie tomando leche
Yo habría sido tu mejor maes-
tro
Dice PieSiamésPie

DIOSCALCETÍN
Verdad

Hagamos muertos
Que sepan a venganza

FANTASMA LUTERÓN
Que sepan a arrepentimiento

SIAMÉS Y TÍTERE SIERRA
Campanadas libertad
Independencia
¿Para qué?
Cientos de vocablos
Abren sus pétalos
Gritando Dios
Que suena a queso
Embarrado de sanguasa

JUANSONRISA Y FANTAS-
MA SIAMÉSPIE
El frasco de llantoPie
Sigue abierto y sólido

PRIMANCIANITA
PieSiamésPie patea
Con ganas de romper

FANTASMA LUTERÓN
Dos serpientes suben
Por las piernas
De EsposArdorosa
Buscando sexo
Y pie con qué cobijarse

SIAMÉS Y TÍTERE SIERRA
Predico abstinencia
Moralidad, basura
Bien podría abrazar
A EsposArdorosa
Primancianita
Y pie hermano con cariño

JUANSONRISA
Chupetón de oreja
Los geranios

Del muro de casa agrian
Con su jugo transparente

FANTASMA LUTERÓN
Las enredaderas trepan
Como ratonesPie

PRIMANCIANITA
DiosCalcetín se confiesa
Con DiosZapato y viceversa

SIAMÉS Y TÍTERE SIERRA
Dieciséis de septiembre
Cucharitas de cristal
Me dieron a comer patriotismo

FANTASMA LUTERÓN Y
FANTASMA SIAMÉSPIE
Hubo soldadines
Parlando con trompetas

DIOSZAPATO
Sierra
Sangre

JUANSONRISA
¿Cuántos años tienes?

SIAMÉS Y TÍTERE SIERRA
Maldad eterna
Eso arrastran
Mis zapatos

JUANSONRISA
DiosCalcetín prende hoguera

SIAMÉS Y TÍTERE SIERRA
Me estoy quemando

FANTASMA LUTERÓN
Como todo hereje

PRIMANCIANITA
PieSiamésPie
Continúa pateando
El frasco llantoPie

SIAMÉS Y TÍTERE SIERRA
¿Eso hice?
¿Me aventé bajo ruedas?

FANTASMA LUTERÓN
Fuiste contra ti mismo
Como yo contra
Cristo mal interpretado

JUANSONRISA
Costillas rotas, piernas
En vez de tubos y gargajos
Forrado de yeso

PRIMANCIANITA
EsposArdorosa se vistió
De NoviaFogosa

Blanca y panzona
Nada parió su barriga
Que no fuese
Pie verde de panteón
Zumbando

JUANSONRISA
El hijo habría sido de
PieSiamésPieCruzado
Podrías haberlo
Cargado en llanto
Amar más a NoviaFogosa
A través de él

SIAMÉS Y TÍTERE SIERRA
Abrazar no es palabra en mí

DIOSCALCETÍN
RencorPie

DIOSZAPATO
Rencor razonable

Rencor entendible

JUANSONRISA
Tan, tan, campanasPie
Suenan a pollo torcido
De los que metía
Al horno Primancianita
Untados en mostaza
Los pollitosPie
Torcían por dolor
Mamá los asesinaba
Pobres plumíferos
Iban a las llamas
Entonando plegariasPie
Y salmos
Tú jamás te hincaste
Con devoción

PRIMANCIANITA
Jamás

DIOSCALCETÍN
Aunque lo hubieses hecho
Nada habrías conseguido con-
migo

SIAMÉS PIE METE GUSA-
NO GRANDE Y JUEGA CON
ÉL.

SIAMÉS Y TÍTERE LARVA
Mamá
Deja al pollo libertad
Pero mijito
Yo no maté la vaca
Como mamá no mató vaca
Pollo no puede ser libre
Y cometer adulterio
Ni amar menos
A un hijo que a otro
Si los pollosPie rezaban
Es cosa que tú
Quisieras saber

Podrían haber
Escondido misal
Entre las plumas

JUANSONRISA
PieSiamésPie
Patea frascoLlanto

PRIMANCIANITA
Lluvia hinchada
Orinan tus órganos sexuales
Compartir
Cocodrilos comen juntos
Personas que nadan en río
Tarzán se la pasa gritando
Que le cortó pie a Chita
Tan, tan

DIOSZAPATO   Y   SIAMÉS
LARVA
Morirás y renacerás
Moscas

Resurrección habrá
Y juicio de dios habrá

DIOSCALCETÍN
Yo te absuelvo

SIAMÉS Y TÍTERE SIERRA
¿Habré dejado
sesos embarrados
sobre la banqueta?

DIOSCALCETÍN
Ojalá

SIAMÉS Y TÍTERE SIERRA
Soy Siamésierra
Para servir
A DiosZapato

JUANSONRISA
Un bolero decía también
cuando preguntabas nombre:

Me llamo
Pedro Timoteo Lascano
Para servir a DiosZapato
Se sentaba frente a Catedral
Y reía con diente de oro
Chupaba prostitutas

PRIMANCIANITA
La perra de la esquina
Está recostada
Fuera de la miscelánea
Ninguna otra perra
Tiene el pelo tan sucio
Dos señoras van rezando
¿Irán a misa o a chupar?
 EsposArdorosa chupa tu pie
Mi señor
Dice convencida de que lo eres
Sentí gran pena
Cuando Juansonrisa
Fue enterrado en nada
Las campanas reventaron

A la concurrencia
Pared embarrada
De insecto en culpa
Sabiendo y oliendo
A insecto
Piso embarrado
De sesos culpables

JUANSONRISA
DiosCalcetín repite sermón
De DiosZapato

PRIMANCIANITA
El doctor Benavides
Mueve la cabeza
Cuando EsposArdorosa
Le hace una pregunta

JUANSONRISA
No tienes remedio
No tiene remedio
Remedio no hay

DIOSCALCETÍN
Qué bueno

SIAMÉS Y TÍTERE SIERRA
Moriré
El frasco de llantoPie
Ya no quebró

PRIMANCIANITA
EsposArdorosa
Pone mantel
Dice
Si mueres
Qué será de mis pies

SIAMÉS Y TÍTERE SIERRA
PieSiamésPicCruzado
No recibe mis bendiciones
Ni yo su perdón
Dolor siento en corazón
En mi barriga infectada
Pus escurre de mis llagas

JUANSONRISA Y SIAMÉS
LARVA
La bicicleta del Cid
Me lleva pedaleando
A la cueva de los difuntos
Que maman de tus pechos
Licores embriagantes

PRIMANCIANITA
Verás, digo
A cantina Toledo
No vienen vivos
A querer beber
De la señora Jimena
Mi persona chichona
Adora a papá
Y a sus bofetadas

JUANSONRISA
Maté en buena lid
A tu padre
Porque quiso

Comer queso de honor

PRIMANCIANITA
Mi honor te lo regaló
Don Alfonso VI
Y luego te mandó a paseo
Vaya usted al demonio
Niño con fealdades
De adulto brusco

JUANSONRISA
El destierro me vino
De perlas pues
A partir moros
De Yussuf el intruso
Dediqué mi mandoble
Mucha sangre honorable
Quedó burbujeando
Sobre los campos de Murcia

PRIMANCIANITA
No succiones

Así mis pechos
Que los vas a desinflar

JUANSONRISA
Al contrario
Inflando estoy
Tanta flojera
Con leche mezclada

SIAMÉS Y TÍTERE LARVA
Tú arrojaste esa sustancia
Sobre tu hermano
Tu envidia cogió
Mandoble del Cid
Y dividió la carne
Rodrigo lloraba
Como cuando él mató
Al padre de Jimena
Partió en dos
Paternidad de su novia
Porque el honor de su padre
Había sido también

Cortado en dos
De propósito lo hiciste
Para que Primancianita
Derramara litros de llanto
Litros de amargura
Litros de baba
Litros de diarrea

SIAMÉS Y TÍTERE SIERRA
Alfonso VI desterró
Dos veces al Cid
Yo quise hacer mismo
Con mi hermano
Que como intruso
Metió lo indebido
En carne que no era suya

PRIMANCIANITA
El cid sola me dejó
Chupando mango
Cuando al destierro
Se largó empujado

Por el rey Alfonso

SIAMÉS Y TÍTERE SIERRA
Yo desterré a mi hermano
Por haber cometido pecado
Con la sierra lo mandé
Al infierno a conocer al diablo

JUANSONRISA
En la esquina del mercado
Una lengua encontré
Que muerta descansaba
Sobre piso de tierra
Sentí su silencio
Seco y rasposo
Entendí que la lengua
De un dios había sido
Y que ellos cambian lengua
Como las serpientes de piel
Dime lengua si algo sabes
De la batalla que el Cid ganó
A favor de Castilla

Sé que Rodrigo fue vencedor
Y que escalera temporal
Repite gargajos sangrones
Que el Cid provoca
En sus eternos contrarios
Usando su mandoble
Corta caballos en dos
Para lograr el doble de caballos
Y el doble de adversarios
Que partidos
Es decir desterrados
Vuelven a ser rebanados
Cuatro espadas
Cuatro caballos
Cuatro rivales
Que el pleito subdivide
En miles de miles

PRIMANCIANITA
Baño blanco
Cada vez que me baño
El caño eructa

Cuando mi esposo
Sea perdona por el rey
Volverá a mi lado
Luego de haber visitado
Cientos de pulquerías
Donde pregona
Sus triunfos
Sobre moros herejes
Que se acomodaron
En Hispania
Como hermanos malvados

JUANSONRISA
Mingitorio blanco
La sombra de nuestro
Hijo desterrado
Es quien lanza al espacio
Espasmos ruidosos
Te desterró la iglesia
Por haber quebrantado
Ley sagrada del matrimonio

PRIMANCIANITA
Luz blanca
Nadie quedará en la tierra
Un chichón crecerá
Hasta la altura
Del tumor más espantable
Y luego reventará a Dios

JUANSONRISA
Mil batallas
Por cruentas que fueran
No acabarían con nosotros
Mala semilla hereje

PRIMANCIANITA
Castilla retó a León
Venció Castilla
Pero el rey Sancho
Fue asesinado
Alfonso VI
Se coronó
El cristianismo

Iba creciendo
Tanto que miedo daba
Tanto que los moros
Comenzaron a persignarse
¿Iban a misa?
Iban sin ir
Ponían pie
Pero evadían

JUANSONRISA
A gritos pidieron ayuda
A los árabes africanos
Al mando de Yussuf

FANTASMA SIAMÉSPIE
Yo provoqué la guerra
Te reté a duelo
Gané la partida con mamá
Papá y tu novia
Y luego fui traicionado
Cuando estaba ocupado
Haciendo lo que hombre hace

PRIMANCIANITA
Así perdió su hombría
El rey Sancho
El traidor que lo mató
Le lanzó un venablo
Cuando el rey
Hacía lo que el hombre hace

JUANSONRISA
Adiós rey Sancho
Te largaste
Paladeando triunfo
Te cubriste del sol
Y la sombra te mató

SIAMÉS Y TÍTERE SIERRA
Seré atravesado
Con bayoneta
O me colocarán de pie
Pie, pie, pie
Delante del paredón
Y soltarán balazos

JUANSONRISA Y SIAMÉS
LARVA
Llorar es bueno
Llorar es salud
Si lloras por algo
Que no sea
Por ti mismo

PRIMANCIANITA
¿Es médico o enfermero
el que abre tus párpados?
Escuchas que dice:

JUANSONRISA
No mucho
Apenas unos sorbitos
De vida le quedan
A este ser blanco
Como la nieve
Pero oscuro como noche

FANTASMA SIAMÉSPIE
La iglesia no fue refugio
Te escupió
Estabas quebrando
El vaso que contiene
El precepto
No matarás

PRIMANCIANITA
Mi esposo mató
A mi padre
Para lavar
El honor del suyo

JUANSONRISA
Hijo mío de mí
Los curas te miraban
Con desconfianza
Desde antes de coger
La sierra y atacar

PRIMANCIANITA

¿Tenían razón?
Si razón quiere decir
Que tú estabas equivocado
Sí, ellos estaban en lo cierto
Su repudio a tus actos malditos
Soportados en tus creencias
Trajo como consecuencia asesinato

SIAMÉS Y TÍTERE SIERRA

Mis armas no hieren
Te ha matado mi odio
Mi envidia biliosa
Y retrógrada
El pie me aplasta
Tu pie, pie
Sólo fuiste desterrado
De mis dominios
Toma el tren
Y márchate
O toma tu marcha

Y vete
Yo me fui al destierro
Y en obediencia al rey
Anduve desterrando
A los amorávides

FANTASMA SIAMÉSPIE

Yo viví en plenitud
Tuve lo tuyo y lo mío
Los trancazos que recibes
No vienen de mí

PRIMANCIANITA

Cocotazos te das tú mismo
En la cabeza
¿Pudiste haber entendido?
No lo creo. Ya no.

SIAMÉS Y TÍTERE SIERRA

En algún momento pensé
O desee tu defunción
Creo que sí

Me parece lógico
Que ese deseo haya cuajado
Después en el hecho indudable
Fui por la sierra y rebané tu pie
Rodrigo el Cid campeador
Empuñó su mandoble
Y desterró al que iba a ser su
suegro

FANTASMA SIAMÉSPIE
No cabe la menor duda
Estás en las últimas
Te irás sin nada
Ni siquiera tendrás
Mi arrepentimiento
Yo viví. Tú no
Bajé escaleras con alegría
Subí al cuarto de mamá
Ella me dijo
Te amo como no a tu hermano

SIAMÉS Y TÍTERE SIERRA
Ganas de morder mis dedos
De arrancarme las orejas
El padre del Cid
Mordió el pie
De su hijo
Para probar su hombría

PRIMANCIANITA
Tu pie crece
En el rincón del cuarto

JUANSONRISA
Naranjas se dieron
En el mandoble del Cid
Zumo agrio escurrieron
El honor lavado
Produce agruras
Como el tequila
Y el pulque

FANTASMA SIAMÉSPIE
Dios-Zapato conoce los hechos
Dios-Calcetín también
Ambos, en balanza
Te atarantan con peroratas
-SiamésPie mataste, ave María
Dicen al unísono
Desterrado irás al infierno

PRIMANCIANITA
Este dios caminante
Mandó marchar al Cid
Camino a encontrarse
Como persona errante
Que me deja en soledad
Rascándome los dedos
De los pies con rabia

JUANSONRISA
Si tú hubieses sido tú
Hijo de mi alma
Habrías cogido el hacha

O un cuchillo
O contratado los servicios
De una serpiente venenosa
Para lavar honor

PRIMANCIANITA
O, siguiendo tus
Instintos depresivos
Hubieras caído en cama
A morir de pequeñez

FANTASMA SIAMÉSPIE
Fui yo quien entró
En guerra contra ti
Yo mismo vengué
Las ofensas a patadas

PRIMANCIANITA
Delirio azul
Escarabajo clavado
En las vísceras
Cola de alacrán

Muerte estirada
Por manos de verdugo
Los dolores te revuelcan
Vas cayendo de frente
Pegarás con la narizPie
En el fondo carnoso
De tu defunción
Que vives
En episodios absurdos
Sueños fraguados
Con ladrillo sensible

JUANSONRISA
¿Tú hubieses muerto por mí?
Así lo hizo Alcestis
Murió en lugar
De su esposo Admeto
Según cuenta Eurípides

PRIMANCIANITA
Todos dirían que fui
La mejor madre y esposa

Apolo
Que fue desterrado
Del olimpo
Concedió esa gracia
A mi esposo
Si este conseguía
Alguien que muriera por él

JUANSONRISA
Mi padre
No quiso ser desterrado
Pese a su edad avanzada

SIAMÉS Y TÍTERE SIERRA
 ¿Quién construyó
mi defunción?

JUANSONRISA Y SIAMÉS
LARVA
 ¿Dios?

SIAMÉS Y TÍTERE SIERRA
Yo mismo la he cincelado
Mi enfermedad
E ignorancia de la misma

JUANSONRISA
Hablas de muerte helada
Porque la sientes
En la lengua
Como algo denso
Que podría convertirse
En culebra, lagartijAlada

SIAMÉS Y TÍTERE SIERRA
¿He sido enterrado ya?
Huelo tierra abonada
Con lágrimas y confusión

JUANSONRISA
Boca tierra repitiendo
La palabra vergüenza

PRIMANCIANITA
Hecho espantoso

JUANSONRISA
Acción malvada

PRIMANCIANITA
Acto reprobable

JUANSONRISA
La cama no es tumba
Es pie que pega y menea
Y se convierte en bilis
Y excremento

SIAMÉS Y TÍTERE SIERRA
Me estoy yendo en diarreas
Me hará trizas el piso
Que aparecerá de pronto

PRIMANCIANITA
Madrazo

JUANSONRISA
Choque

PRIMANCIANITA
Reventár de cucaracha en culpa

JUANSONRISA Y SUANÉS
LARVA
Justicia

PRIMANCIANITA
Juicio

SIAMÉS Y TÍTERE SIERRA
¿A quién dañé?
Hermano
¿Las manos infames
De la Santa Inquisición
Me están golpeando?
Pero yo no viví
Allá donde tortura crecía
En matorrales solferinos

Estoy presente
Muchos años adelante, infinito
Respiro aire mezclado con san-
gre

PRIMANCIANITA
Hecho bochornoso

JUANSONRISA
Acción infame

PRIMANCIANITA
De este lado, izquierdo
Ladra un perroPie

SIAMÉS Y TÍTERE SIERRA
Yo grito con su hocico,
soltando pelo color café

JUANSONRISA
Jugar a ser gallo
No fue tu costumbre

Pero sí amanecer
Padeciendo sensaciones
De cabeza de caballo
Incrustada en la propia
Cabeza humana
O cabeza con cabello
Abundante como crin

PRIMANCIANITA
Alguna vez
Diste con el pie
A una piedra
Que se cruzó
En tu camino

JUANSONRISA Y SIAMÉS
LARVA
Alguna vez
La piedraPie
Devolvió el ultraje

SIAMÉS Y TÍTERE SIERRA
¿Cuál?
Mi familia ha quedado
Concentrada, reducida
Una sola expresión
Mojada en odios y reclamos

PRIMANCIANITA
Réprobo

JUANSONRISA
Indigno

SIAMÉSPIE
Abyecto

SIAMÉS Y TÍTERE SIERRA
Duele la espalda

SIAMÉSPIE
Cabello cae aullando

SIAMÉS Y TÍTERE SIERRA
Voy a vomitar

SIAMÉSPIE
El alma arde

PRIMANCIANITA
Bufa el toro

JUANSONRISA
La paloma explota

SIAMÉS Y TÍTERE SIERRA
¿Es que el sol ha perecido?

SIAMÉSPIE
Probablemente es
El preámbulo al infierno

PRIMANCIANITA
Descenso

SIAMÉS Y TÍTERE SIERRA
A Lucifer no lo he visto todavía

JUANSONRISA
Gritar no alivia

PRIMANCIANITA
Vociferar tampoco

SIAMÉS Y TÍTERE SIERRA
Me he convertido en gusano

SIAMÉSPIE
Huesos demolidos

SIAMÉS Y TÍTERE SIERRA
Estoy pagando
Debía

SIAMÉSPIE
Debes ser torturado

JUANSONRISA
Maltratado

PRIMANCIANITA
Humillado

PAUSA LARGA

SIAMÉS Y TÍTERE SIERRA
Veo dos púlpitos

JUANSONRISA
En el de la derecha
Oscurecen las peroratas
De DiosCalcetín

PRIMANCIANITA
A la derecha

Truenan sapos
De DiosZapato

TÍTERE DE DIOS ZAPATO
Absolución, absolución
Digo he dicho
He afirmado
Que el hombre
Siamésierra rebanó pie
De SiamésPie
O a SiamésPie
Cortó del pie en ley
Bajo ley quedó libre
Y con alma blanca, paloma
Del lado del muchacho
Rebanador estoy
Absuelto, sin culpa
A su casa a gozar
Domingos de matinée
Con su novia infiel

FANTASMA SIMÓN PIE
Todo alcahuete
Empuja el pecado
Y después se lava
O se hace de lado
Todo alcahuete
Es feliz
Enviando almas
Al infierno

SIMÉS Y TÍTERE LARVA
¿Estás diciendo
que DiosZapato
es un alcahuete?

SIAMÉS Y TÍTERE SIERRA
Rebanar al hijo
De mi madre

PRIMANCIANITA
Pesadilla
En sueños

He visto
Jueces
Que golpean
Mi cabeza
Con su mandarria

SIAMÉS Y TÍTERE SIERRA
Estoy agonizando
Inmerso en la baba pulquienta
De mi propio sueño

SIAMÉSPIE
Sacas la lengua

SIAMÉS Y TÍTERE SIERRA
¿Tengo?

PRIMANCIANITA
Abres los ojos
Y aprietas crucifijo
Repites oraciones
Monótonamente

SIAMÉS Y TÍTERE SIERRA
¿Permanecen cerrados mis
ojos?

PRIMANCIANITA
Más allá del paraíso
Se toca el averno

SIAMÉSPIE
Cueva negra
Boca negra

PRIMANCIANITA
Árboles del mismo color

SIAMÉS Y TÍTERE SIERRA
¿Me llamo Siamésierra?
O es que el apellido viene
de que usé ese instrumento
para bañarme en pureza?

SIAMÉSPIE
Responde DiosCalcetín:

JUANSONRISA
 -El refrigerador de la ley
congeló el hecho

SIAMÉS Y TÍTERE SIERRA
¿Se refiere a que usé la sierra?

SIAMÉSPIE
La acción malvada
Permanece convertida en cubo

SIAMÉS Y TÍTERE SIERRA
Muevo el cuerpo
Repto sobre las sábanas

PRIMANCIANITA
Aunque brinques
A mi almohada
En busca de beso

No habrá caricia
Que haga más llevadero
El hoyo que cavaste
En mi maternidad
Madre soy
Agujerada

JUANSONRISA
De SiamésPie
Es el pie que hoy
Reclama al hermano
En agonía su infamia
Refrigerador de ley
Debe abrir sus puertas
Y permitir que ratones
Echen vaho al crimen
Y lo descongelen
Bajo solplos demoníacos
Calienta la falta
Y derrite la grasa

PRIMANCIANITA
Empezamos moviendo Zapote,
que caliente culpa
sustancia negra o blanca
de la fruta deliciosa

JUANSONRISA
Hablamos de castigo
No de disfrute

PRIMANCIANITA
Precisamente
De producir asco
En el maloso se trata

SIAMÉS Y TÍTERE SIERRA
Odio el sabor del Zapote
Primancianita hacía dulce
Y le daba a comer
En la boca a mi hermano
Mientras yo retorcía
En tripas de envidia y azoro

La miel escurre de sus bocas
Que ahora se juntan
En un beso enorme que rechina
 Yo, además de yo,
Siamésierra, quien va en muer-
te
Entre visiones
Es alguien, fue
Tuvo frente amplia
De la que han sido arrancados
A mí, racimos de recuerdos
Persona es él, yo
Que se dirige a la tumba
La suya, la mía
Arrojando zumos tuberculosos

PRIMANCIANITA

Precisamente
Castigado
Está siendo
El que me arrancó
La dicha

JUANSONRISA
Tu cuerpo gira

SIAMÉSPIE
Tu cabeza gira
¿Es un grito
lo que escapó de tu boca?

SIAMÉS Y TÍTERE SIERRA
Si mi nombre es Antonio
Fui o soy tocayo
De García Lorca
Pero el nombre de ese poeta
Era Federico
Lo cual dice que no soy
Antonio sino Federico
O Federico Antonio
O nada más Siamésierra
Escribiendo poemas de ven-
ganza

PRIMANCIANITA
Sangre corre
Día a día
En el interior
De la familia

SIAMÉSPIE
Juansonrisa recita
A ese poeta día y noche

JUANSONRISA
Poeta desterrado
Poeta fusilado
Iglesia y gobierno
Lo incendiaron

SIAMÉS Y TÍTERE SIERRA
Iglesia acoge al que agoniza
Con abrazos celestes
Que también da, me da
El hospital cristiano
Humano como yo

Estoy solo pereciendo
Entre llagas de culpa
Escupiendo hiel
O dejando que fluya amargura

SIAMÉSPIE
Nada hiciste de valía
A nada dedicaste tu ser
Salvo a la venganza

SIAMÉS Y TÍTERE SIERRA
Mis perros mueven cola
Todos los que tuve
Al unísono
Mostrándose cariñosos
Cosa que yo no entiendo

JUANSONRISA
Caminas pasillos de iglesia
Hacia la defunción
Que ocurrirá en el nosocomio
Cuando cese tu respiración

Cuando tu envidia
Amaine para siempre

SIAMÉS Y TÍTERE SIERRA
Tuve casa en iglesia
De esa forma sentí
Siempre mi recámara
Como nave sacra
Cuadros de santos colgados
Es decir, ahorcados
Balanceándose
Mirándome con intensidad
Sobrenatural

SIAMÉSPIE
¿Suicidaron sus personas?
A lo mejor
Ellos también sufrieron
Agonía similar a la tuya

PRIMANCIANITA
Manzana se pudre mañana

¿Te estas pudriendo ya?
A la Jacaranda le nacen
Flores azules
Que sueltan leche
PezonesPie, mareo
Tomarás el tren
Que te ha dejado ya
Correré tras sombra que patea
¿Por qué silba el tren cortando?

SIAMÉS Y TÍTERE SIERRA
Mi panza respinga
Tripas en rebeldía

SIAMÉSPIE
Pateas al perro
Y la culpa muerde
Desconoce, señala
El can en realidad es pie

SIAMÉS Y TÍTERE SIERRA
Me quedan segundos

Para esparcir semillas
De concordia imposible

PRIMANCIANITA
Amistad no sentiste, villano
Pero lo quisiste como hermano
Pero sí lo odiaste
Pero sí cortaste su pie
En movimiento existente

SIAMÉS Y TÍTERE SIERRA
Riego la cama
Con orín llorado
Mi nariz y axilas mojo
Con letanías de humedad vieja
Soy rancio, no estoy, me fui
O me voy por el hoyo necio
De mis convicciones
Matar adulterio
Asesinar adúltero
Rebanar su pie bendito
Ir de excursión a la montaña

Y luego bajar en trineo
Sobre polvo seco, aridez
Caer sobre el cuerpo blanco
De EsposArdorosa
Y escuchar jadeos
Lejanamente, huecamente
Como sones escondidos
En cajones de misterio
Como canciones peligrosas
Que invitan a coger
La sierra y rebanar

FANTASMA SIAMÉSPIE
Llevaste a cabo
Tarea de rasurar pecado
Cometiendo el pecado de rasu-
rar

PRIMANCIANITA
Pie en rincón sexual ajeno
Puede ocasionar barbarie

JUANSONRISA
La causó

SIAMÉS Y TÍTERE SIERRA
Encendí la sierra

PRIMANCIANITA
Los caracoles piensan
En protección

SIAMÉSPIE
Cinturones de castidad

JUANSONRISA
Abejas hacen panales amor
Y los sombreros caen
A los pies de damas solteras
Que casadas
Como EsposArdorosa
Andan con ojos bajos
Pero queriendo despegar
En vuelo de abeja y barbarie

Bajo la protección del caracol
De lo subrepticio

SIAMÉS Y TÍTERE SIERRA
Renacuajo que canta
En motel de paso
Canciones sexuales
Debe ser cocido
En caldo de indignación
Y terminar
Con la cabeza serruchada
Eso aprendí
Y eso hice a mi hermano infiel

SIAMÉSPIE
Rebanar

PRIMANCIANITA
Cortar

SIAMÉS Y TÍTERE SIERRA
Pie de SiamésPieAdversario

PRIMANCIANITA
Frasco de llanto
Fantasma azuloso

JUANSONRISA
Su imagen se aproxima
En pasos y escalofríos

SIAMÉS Y TÍTERE SIERRA
Había deseado olvidarlo
Años arrastrados
En zapato que lastima

TÍTERE DIOS ZAPATO
El adulterio, hijo
Es una pelota
Rebotando en prohibiciones
Que hace infeliz
Al hombre con bigotes
Y a la mujer de los bigotes

SIAMÉSPIE
Gritas

PRIMANCIANITA
Te retuerces

SIAMÉS Y TÍTERE SIERRA
Topo con él

PRIMANCIANITA
SiamésPiePatada

JUANSONRISA
Espíritu bravo

SIAMÉS Y TÍTERE SIERRA
Me disuelvo en sus poderes
Caigo fulminado
Muero en mí mismo

JUANSONRISA
CamaPie girando

SIAMÉSPIE
Trance

TÍTERE DIOS CALCETÍN
 Nadie sabe cuando
Comenzó la guerra
Pero comenzó
Ha espezado
Se dio ayer mesmo

JUANSONRISA
Guerra contra adúlteros

TÍTERE DIOS CALCETÍN
Guerra con el infiel
Levantemos banderolas
Y estandartes alcemos

SIAMÉSPIE
Miles de soldados a caballo
Entran en batalla

JUANSONRISA
Golpes de espada y lanza
Volar de miembrosPie
Sesos en el aire
Como zopilotes grises

SIAMÉS Y TÍTERE SIERRA
Sumergirse en baba
Tibia y culpable
Babosura espesando mis ideas
Si es que las tuve
Si es que algo o alguien
Fluyó en mi cerebro alguna vez
Porque bien podría ser
Que jamás haya tenido
Otra clase de vida

JUANSONRISA
¿Otra case de vida?
¿Te refieres a sobria existencia?
¿O a otra clase de ebridad?
Toda vida lleva

Algo de mareo

PRIMANCIANITA
Patas, multitud de ojos

TÍTERE DE DIOS ZAPATO
La ciencia progresa
y la iglesia también
Hay cambios sustanciales
Que nunca se llevan a cabo
Mejoras imposibilitadas

TÍTERE DIOS CALCETÍN
Los contrincantes perecen
Ahora tanques vomitan
Fuego que patea
Y despanzurra al enemigo
Usad granadas contra
Rifles contra
Puños contra

TÍTERE DIOS ZAPATO
Nacido o por nacer
Debe combatir al enemigo
Con sierra de combate
Usad sierra y hacha

SIAMÉS Y TÍTERE SIERRA
Existencia cargada
De sucesos nocivos
Hice guerra con sierra
Y no con tanques

JUANSONRISA
PieSiamésPie se negó
A confesar su pecado

SIAMÉS Y TÍTERE SIERRA
Estoy cubierto
Por su materia viscosa

PRIMANCIANITA
El durazno florece y perece

JUANSONRISA
¿A qué vienen
esas frases estúpidas?

PRIMANCIANITA
Remarcan la lógica
Del pensamiento

SIAMÉS Y TÍTERE SIERRA
Floreciendo mi muerte
Arroja espuma
Y se desgañita
Tratando de apagar
Las oleadas de espantosos
Retortijones y punzadas

TÍTERE DIOS CALCETÍN
Mi calcetín está raído
Habría que sustituirlo
Iglesia contra iglesia
Creencia en tope
Con creencia de chivo

Curas armados agreden
A curas armados
Con violencia inaudita

TÍTERE DIOS ZAPATO
La iglesia es espejo
De mi pensamiento

SIAMÉS Y TÍTERE SIERRA
No distingo
Mi voz amargada
De la de mi hermano
SueñosPie
Cuando trato de vaciar
El frasco
Las lágrimas
Se congelan

TÍTERE DIOS CALCETÍN
Voy en camión guerra
Afirmando que
Diciendo que

Arturo perdonó a Ginebra
Y a Lancelot
Afuera castillo medieval
Se han amontonado
Cristianos solicitando curación
Cristianos solicitando trabajo
Y comida y soluciones
Absurdas a sus problemas
Que ellos miran enormes
Ya les dije que no
No habrá leche
Ni pan habrá
La batalla continuará
Hasta el fin de los tiempos
Hasta que Dios
Es decir yo mesmo
Diga que paremos
Hasta que el sol
Haya sido quemado
Hasta que la mujer
Deje de tener pechos y vagina

SIAMÉS Y TÍTERE SIERRA
Hermano
Me has chupado ojos
Corazón y espíritu
HermanoPie
Quitas y pones
Piezas al mecanismo
Dolor en abundancia

JUANSONRISA
PieSiamésPie patea la cama
LoroDedo en su jaula
recita versos de García Lorca
 -Voy a comer con dama
que levanta huracanes.
Y luego de comer
Y luego de beber
Y luego de encuerarnos

PRIMANCIANITA
En escuela
Casa e iglesia

Se pronunciaron siempre
Contra adulterio
¿Hay razón para ello?

SIAMÉS Y TÍTERE SIERRA
Cogí bandera
Subí al camión guerra
De DiosCalcetín

JUANSONRISA
Guerra buena
Buena guerra la guerra
Que es guerra
Y que se guerrea

TÍTERE DIOSZAPATO
Hijo
Las ganas de vivir
Tornarán a ti
Cuando el camión basura
Se lleve a tu hermano

SIAMÉS Y TÍTERE SIERRA
Odio a SiamésPie
Sierra en dolor y sangre
Lid

TÍTERE DIOSCALCETÍN
Culpable
Mutilaste a mi campeón
Tienes baba en el cerebro
¿Sabes cuándo comenzó la
guerra?

SIAMÉS Y TÍTERE SIERRA
En el pecho de Primancianita
mamé fidelidad.
Mi hermanoPie
estaba obligado a cumplir.
SiamésPie
no debía ver a mi
NoviaFogosa-EsposArdorosa
con deseo.

TÍTERE DIOSCALCETÍN
¿Y por qué no?

TÍTERE DIOSZAPATO
Dama es dama
Y loba adúltera
El cadalso espera

SIAMÉS Y TÍTERE SIERRA
PieSiamésPie,
Te escucho chasquear.
Roes pulmones,
hígado, tripas.
Has bajado a mis pies
Provocando estampida sangre
Que ha hecho explotar
La punta de mi dedo gordo
Mordiscos a mi lengua
Suerbes el líquido
Que mana de mis llagas
Fuente abierta
A tu sed inmensa

De venganza

PRIMANCIANITA
Perros muerden piernas
Y arrancan pedazos garganta
A los enemigos de la iglesia
Iglesia una contra otra
Canes rabiosos fustigan
Tu entendimiento
Caballos contagiados
De la rabia canina
Se estrellan contra muros

SIAMÉS Y TÍTERE SIERRA
SiamésPie le ha bajado
Pantaletas
a NoviaFogosa
Ella agradece
Lo que hermano le hace
En aullidos
Tirria
Sierra guerrera

Camión guerra

PRIMANCIANITA
PieSiamésPie canta
Algunos   querubines   descien-
den
Envidia tuyea crascita
DiosCalcetín lo llenó de dones

TÍTERE DIOS ZAPATO
Si tomas chocolate cada maña-
na
¿por qué habrías de andar
con pie fuera de casa
pisando lo prohibido?
Se pisa en casa cual guajolote
O gallo patón
En casa vienen los hijos
A traer felicidad o desgracias

SIAMÉS Y TÍTERE SIERRA
Mi vida es o fue barquillo

Con siete bolas de pie
Siempre tiradas
Cada pelota de fresa
O de vainillaDedo
Son rosas
Y margaritas secas
Aborrecimiento

TÍTERE DIOSZAPATO
Cortaste con hueso

TÍTERE DIOSCALCETÍN
Cobarde
Voy a descargar
Contenido pistolero
Sobre tu jeta en ruinas

JUANSONRISA
El zapote domingo
Se come y carcome

PRIMANCIANITA
NoviaFogosa continuó
bajándose pantaletas.
Goce de PieSiamésPie.

SIAMÉS Y TÍTERE SIERRA
Me hicieron creer
Que el adulterio merecía
Piedras, látigo, sierra

TÍTERE DE DIOSZAPATO
La usaste
No por lo que
Yo te dije
O te hice creer

TÍTERE DIOSCALCETÍN
Lucha ilegal
Agresión contra natura

SIAMÉS Y TÍTERE LARVA
Cuatro, ocho, catorce ojos
Penetran agujas

Dientes blancos, hileras

SIAMÉS Y TÍTERE SIERRA
PieSiamésPie en cólera
Pateando mi estupidez

SIAMÉSPIE
Punzón pica
Náusea en lengua
Ahoga el habla
Oleadas de dolor
Van y vienen
Gritas por mí
Hablas por mí
RanaZapato inmensa
Avienta burbujas
¿Cuándo terminará
Tu viaje de placer?
Tal vez cuando
Pares de respirar
Que no será ahora
Ni mañana

TÍTERE DIOSZAPATO

Primancianita hizo amor
Con varios calcetines
Siérrale las orejas
Y una mano
Esa mujer apesta
Sus zapatos hieden a sexo

PRIMANCIANITA

PieSiamésPie
Se pone a DiosCalcetín
Que cubre
Con cariño inaudito
La podredumbre
Bien por el calcetín
Que sube hasta el tobillo

SIAMÉS Y TÍTERE SIERRA

Caminando sin pisar
Asfalto ni madera
Durmiendo sobre
Cama clavos
Acariciando sin tacto

Al perro felpudo
Y recibiendo
Caricias insensibles
De Primancianita
Que quiso más a mi hermano

TÍTERE DIOSCALCETÍN

Primancianita en su derecho
Lo tuvo o lo tenía
O en su preferencia
Montada en libélula nocturna
Si no tenía o tuvo razón
De amor por el muchacho
En rebanadas
Sabemos que sus impulsos
Empujaron en tu contra
Señorito Siamésierra
Y a favor del adversario

SIAMÉS Y TÍTERE SIERRA

La sustancia pulquePie
Se mueve y apesta
Como los zapatones de mamá

JUANSONRISA
Regalo el pie
De SiamésPie
A Primancianita
Y ella lo guarda
En el ropero
Junto a una imagen
De DiosCalcetín

SIAMÉS Y TÍTERE SIERRA
PieSiamésPie
Gusano de tierra roja
Y sabor a chile colorado
Tomaste mi cuerpo
Y mente o al revés

TÍTERE DIOSZAPATO
Espejo del mal
Retrato mal
Mal bicho

PRIMANCIANITA
PieSiamésPie

Ayudado por DiosCalcetín
Dinamitan, explosión

SIAMÉS Y TÍTERE SIERRA
Paseas por parque sin flores
Que va dejando
Mi agonía fraticida
Sorbiendo el jugo
De mis ocios y frustraciones
Gritar aborrecer
El frasco llantoPie persiste
En su necedad de estar cuajado

SIAMÉSPIE
Primancianita permitía
Que un amigo
De Juansonrisa
Le chupara el pie

TÍTERE DIOSZAPATO
Enemiga
Mala señora
Puta dama

De haber sido decente
No habría habido contagio
Porque verás
La indecencia
Es una infección

SIAMÉS Y TÍTERE SIERRA
Cuando PieSiamésPie desaparezca
Me digo me he dicho
Entonces mi cama
Mi féretro y la falda
De mi dama
Dejarán de agitarse

TÍTERE DIOSCALCETÍN
Nunca
Eso nunca será
Mientras yo continúe
Engullendo bombas

SIAMÉS Y TÍTERE SIERRA
Amarras lengua.
Alambre de espinas

Y rosas navajas en sangre
Recibes mis berridos quebrados
Por dolor, no por contrición

JUANSONRISA
PieSiamésPie comulga
Teniendo a DiosCalcetín puesto
Encaja lanza
De alacrán señor
En tu piel reseca

PRIMANCIANITA
Fresas batidas y perecidas

SIAMÉS Y TÍTERE SIERRA
¿La ambulancia
me recogió en casa?
Resbalando o peloteando
Baja por calles oscuras
Que hacen polvo de rezo
Chisme e intriga
Contra mi ser
Desencantado y sádico

NoviaFogosa-EsposArdorosa Que-
brantó la ley sagrada

TÍTERE DIOSCALCETÍN
Baboso
Te arranco uña
La reviro
Con pinza
De matar

SIAMÉS Y TÍTERE SIERRA
¿Caí enfermo o alguien
(tú) me atacó?
Suenan campanas a zopilote

PRIMANCIANITA
PieSiamésPie
Y DiosCalcetín
Atacan con infantería
De abejas frente y cachetes

SIAMÉSPIE
Lo turbio ha adquirido

Cierta transparencia
Y babosidad
Que yo sepa
Arañas buceadoras
Se han zambullido
En la olla sangre
Que es tu barriguita

PRIMANCIANITA
Juansonrisa
Ha sacado a pasear el pie
De SiamésPie
Le puso bozal
Y correa

TÍTERE DIOSZAPATO
Uno, como dios que es
Se abre la bragueta
Para obligar al pie
A que sólo orine
Y no que, alebrestado
Persiga gatas en el callejón
El contro de dios

Está en control del pito

SIAMÉS Y TÍTERE SIERRA
Pie herido por mi inquina

TÍTERE DIOSCALCETÍN
No perdonaré
Nunca lo haré
Jamás será
Pasada por alto
La defunción
De mi campeón

SIAMÉS Y TÍTERE SIERRA
Jugábamos canicasPie.
Siempre fuiste más deseado
Simpático, potente

SIAMÉSPIE
Juansonrisa
Iba a chupar pie
Con una señora guapa
Que trabajaba en biblioteca

TÍTERE DIOSZAPATO
Enemigo
Mal señor
Pecadorcillo

PRIMANCIANITA
Piso pasillos de casa en vuelo

SIAMÉS Y TÍTERE SIERRA
¿Pesqué tu presencia
en sueños?

JUANSONRISA
EnfermeraDedo tararea
Canción lúgubre

SIAMÉS Y TÍTERE SIERRA
Los traidores o patriotas
Como yo siempre
Son pasados a cuchillo
O fusilados con hielo en punta
Sierras frías cortan dedos
En la alcoba del misterio

Donde juega y descansa
Mi alma asesina y ácida

TÍTERE DIOSZAPATO
Pagó con su pie
Debía y pagó
Sin arrepentirse

SIAMÉSPIE
CuervosPie
Van recogiendo lo podrido
En el campo de batalla

SIAMÉS Y TÍTERE SIERRA
Fotografía PieSiamésPie
Chupando dedos
De mi dama encantada
Me casé sabiendo
EsposArdorosa
Me aceptó sabiendo
Mis PadresCachondos
Asistieron a la boda sabiendo
El lago se hincha

Mi cuerpo se hincha
Mis oídos quieren estallar
Ejército de hormigas
Muerden rodillas
¿Estoy muriendo de infección
o caí de la azotea?

PRIMANCIANITA
La uva vuelve de donde vino

SIAMÉS Y TÍTERE SIERRA
EsposArdorosa
Saca y mete lengua
CulebraDedo
¿Debí haberla amado
pese al adulterio
con el pie de SiamésPie?

TÍTERE DIOSCALCETÍN
Por supuesto
No habría habido pleito

JUANSONRISA
Tumbas adornadas
Con flores humedecidas
Con tiernas gotas de sangre
Víctimas de la palabra adulterio
CorazónPie palpita y croa.
Algunos príncipes y damas
Cortan pedazos
De la carne roja en temblores
Y se la llevan a la boca

SIAMÉS Y TÍTERE SIERRA
Olvidar

TÍTERE DIOSZAPATO
Sexo contra sierra
Sexo y agonía

SIAMÉS Y TÍTERE SIERRA
Retrato de general
De pie entero meneando patas
Entre los hoyos de mi nariz
Que escurre bolitas de nieve

El estandarte PieSiamésPie
Lleva mi efigie

PRIMANCIANITA
Batallón de moscos
Pican párpados

SIAMÉS Y TÍTERE SIERRA
Juansonrisa sólo quiso
al pie de SiamésPie
Vuelvo al huevo
Yema lamosa provoca
Volteones de panza

PRIMANCIANITA
Huevo mal digerido
Es causa de trastornos

JUANSONRISA
La señora que te echó al mundo
tuvo que haber bailado con gallo.

TÍTERE DIOSZAPATO
La guerra continúa, continuará

JUANSONRISA
SiamésPie hizo esfuerzos
Por alejarse del conflicto
Jamás pudo
Ni siquiera muerto

TÍTERE DIOSCALCETÍN
 A las armas
Voy al frente
De escarabajos

JUANSONRISA
Debiste haber sido
Católico o ateo
Clavarte en religión india
De ese modo
El llanto sólido
Estaría fluyendo
Del frascoPie

SIAMÉS Y TÍTERE SIERRA
Tragué venganza
Escarabajos pican
Resiento el que Juansonrisa
Haya invitado a beber con él
Al pie de SiamésPie
Juansonrisa sumergido
En pulquePie
DiosCalcetín, asustas

PRIMANCIANITA
Melón herido y comido

SIAMÉS Y TÍTERE SIERRA
Hermano
Trompetazo anuncia
Tu entrada acusadora
Tú, tú, tú

JUANSONRISA
Ofensa
ConceptoPie
Enciende sierra

Mutiladora

TÍTERE DIOSCALCETÍN
Collón
Un pelotón de ratas te fusilará
Te ha fusilado
Callejón oscuro.

SIAMÉS Y TÍTERE SIERRA
Juansonrisa podría
No haber sido amigo del pie

JUANSONRISA
Marchas con pezuñas de ebrio

PRIMANCIANITA
 Tu pie rebanado
encogió mi identidad

TÍTERE DIOSCALCETÍN
Rival despreciable
Estoy clavando espuelas
A mi caballo color naranja

JUANSONRISA
Primancianita lava ropa
En río oloroso a orínPie

SIAMÉS Y TÍTERE SIERRA
Habría sido yo menos infeliz
Si hubiese aceptado
Mi segundo puesto
En el amor de mamá
SiamésPie bonito, yo feo

JUANSONRISA
Tu antipática personalidad
Haciendo arrugas
En la camisa y el pantalón

SIAMÉS Y TÍTERE SIERRA
Un cerdo caliente plancha
Mi incredulidad alucinada

LOS CUATRO
Planchar pie
Y planchar nalga

Y planchar estupidez
Y planchar oraciones
La muerte es irse
Y olvidar
Y tal vez volver
A recordar
Y sufrir
Y verse en el espejo
Y gritar